कब होगी वह भोर

सूरजपाल चौहान

वाणी प्रकाशन

वाणी प्रकाशन

4695, 21-ए, दरियागंज, नयी दिल्ली 110 002

शाखा

अशोक राजपथ, पटना 800 004

फ़ोन: +91 11 23273167 फ़ैक्स: +91 11 23275710

www.vaniprakashan.in

vaniprakashan@gmail.com

KAB HOGI VAH BHOR

by Surajpal Chauhan

ISBN : 81-8143-688-1

Poetry

संस्करण 2007

आवृत्ति 2012

मूल्य : ₹125

मेहरा ऑफ़सेट, नयी दिल्ली-110002 में मुद्रित

वाणी प्रकाशन का लोगो मक़बूल फ़िदा हुसेन की कूची से

वरिष्ठ कवि आदरणीय प्रो. केदारनाथ सिंह

और
उस दलित चेतना को जो हमेशा
क्रियाशील रहे
ताकि हम
कभी न हों
पत्थर, निर्जीव, उदास और हताश

साभार

हंस, वसुधा, समकालीन भारतीय साहित्य, संचेतना, वर्तमान साहित्य, युद्धरत आम आदमी, लोकमत समाचार, इन्द्रप्रस्थ भारती, कादम्बिनी, जनपक्ष, रचना-कर्म, अपेक्षा, इरावती, अभियान।

भूमिका

कवि सूरजपाल चौहान की चुनिंदा कविताओं का 'कब होगी वह भोर' नामक संग्रह कई मायनों में अलग एवं अद्वितीय है, वैसे वे अपनी आत्मकथा तथा कहानी-लेखन के लिए देश भर में चर्चित रहे हैं, किन्तु कविताओं का यह वर्तमान संग्रह उनकी काव्य प्रतिभा को निश्चित रूप से तेजस् बनाएगा। 'अन्तर' नामक कविता में वे लिखते हैं :

तुम कहते हो
साहित्य समाज का दर्पण है
ठीक है
पर–
यह कैसा दर्पण है,
जिसमें
मेरा चेहरा हमेशा
घिघियाता और घिनौना नज़र आता है

'कवि' एवं 'तुम' का उपरोक्त अन्तर जाति-व्यवस्था से पीड़ित तथा पीड़ादायक के अन्तर को स्पष्ट रूप से दर्शाते हुए उसमें निहित अर्थ को बहुत दूर तक ले जाता है। सूरजपाल बिना किसी आडम्बर एवं आवरण के अपनी बातों को संचारित करने में ज़रा भी नहीं हिचकते। उदाहरण के लिए 'हरदम तेरी बारी क्यों' नामक कविता में वे लिखते हैं :

क़दम-क़दम मक्कारी क्यों
दलितों से गद्दारी क्यों
आत्मकथा लेखन पर चर्चा
कवित्त है तुम पे भारी क्यों

सच्चा कहने या लिखने में
तेरी है लाचारी क्यों
सारा लेखन एक समान
हरदम तेरी बारी क्यों

इन सीधी-सादी पंक्तियों के माध्यम से कवि ने सामाजिक विभेद एवं विद्वेष यथार्थ को अति सरलता से उजागर किया है। इसी कविता में इस विभेद को और भी तीखा बनाते हुए वे कहते हैं :

खरी-खरी मैं लिखता हूँ
इस पर पहरेदारी क्यों
दलितों की बस्ती में अब तक
वर्णभेद है जारी क्यों?

अपनी आत्मकथा के दोनों हिस्सों–'तिरस्कृत' एवं 'सन्तप्त' में जहाँ उन्होंने अपने जीवन के यथार्थ को पूर्णरूपेण बेपर्दा किया है, वहीं दलित समाज के सन्दर्भ में यह भूमिका उनकी कविताओं ने निभायी है। इस सन्दर्भ में सूरजपाल की हरेक कविता अपने समाज की अलग-अलग आत्मकथा है। ऐसा बेजोड़ सम्मेल हिन्दी दलित साहित्य में अन्यत्र बहुत कम मिलता है।

सूरजपाल की कविताओं में 'तुम' नामक सर्वनाम का इस्तेमाल अक्सर मिलता है, इस 'तुम' में उन्होंने उस पूरी प्रणाली को परिलक्षित या सम्बोधित किया है, जो जाति जन्य अभिशापों के लिए निरन्तर ज़िम्मेदार रही है। अ-कविता के इस दौर में सूरजपाल उन थोड़े से कवियों की सूची में अग्रगामी हैं, जो लयात्मक शैली का इस्तेमाल अतिप्रभावकारी रूप में करते हैं। ऐसी एक कविता का दृष्टान्त 'गाँधी जी का हरिजन है' में मिलता है। इस कविता में पाखण्डी दलितों का वर्णन है, जो उन ब्राह्मणवादी कर्मकाण्डों के स्वेच्छा से शिकार हो जाते हैं, जिनके चलते सदियों से वे स्वयं सन्तप्त रहे हैं। इस सन्दर्भ में निम्न पंक्तियाँ उल्लेखनीय हैं :

मीटर लम्बा तिलक भाल पर
सुतली डोर गले डाले
हाथ कलावा बाँधे फिरता
मटरू का पोता काले
इसके आगे शरमाता अब
पण्डित रामचरन है

भीमराव का दलित नहीं यह।
गाँधी जी का हरिजन है॥

दलित साहित्य में काव्य विधा दलित आत्मकथाओं की ही तरह कल्पना के उन तमाम चढ़ौनों को उतार फेंका है, जिन्हें परम्परागत कविता का मूलस्रोत मान लिया गया था। सौन्दर्यशास्त्रीय दृष्टिकोण से आलोचक इन दलित कविताओं को आलंकारिक भले ही न मानें, किन्तु इनमें सामाजिक यथार्थ वैसे ही निहित होता है, जैसे प्लास्टिक से घिरे तारों में विद्युतधारा। सूरजपाल चौहान ऐसी ही काव्यधारा के एक जीवन्त कवि हैं।

–प्रो. तुलसी राम

19, दक्षिणापुरम
जे.एन.यू.
नयी दिल्ली-110067

लेखक की ओर से

दुनिया की सबसे क्रूर एवं पिछड़ी व्यवस्था यदि कोई है तो वह है वर्ण-व्यवस्था। यहाँ आदमी की पहचान उसके रूप-रंग या गुण-दोष से न होकर उसकी जाति से होती है। 21वीं सदी में भी इस देश के दलितों की हालत कुत्ते-बिल्लियों व जंगली जानवरों से भी बदतर है। हिन्दुओं के मन्दिरों के अन्दर कुत्ता तो टाँग उठाकर मूत सकता है, लेकिन किसी दलित ने मन्दिर में घुसने भर की कोशिश की तो उसकी नाक में नकेल डालकर व निर्वस्त्र करके पूरे गाँव और शहर की गलियों में घुमाया जाता है। दलित महिला सरपंच को स्वतन्त्रता दिवस के अवसर पर घोर अपमान सहना पड़ता है। आए दिन समाचार-पत्रों में पढ़ने को मिलता है कि दलितों को ज़िन्दा जला दिया गया। दुनिया में शायद ही कोई ऐसी सामाजिक व्यवस्था होगी, जिसमें एक मनुष्य द्वारा त्यागे हुए गू-मूत को दूसरा मनुष्य अपने सिर पर उठाने के लिए बाध्य होता हो!

दलित समाज में जन्म लेने के कारण मैंने इसे बड़ी नज़दीकी से देखा और भोगा है। हज़ारों वर्षों से चतुरंगी वर्ण-व्यवस्था में दलितों को अशिक्षित और निरक्षर बनाए रखने के षड्यन्त्र किए गए हैं। इस व्यवस्था के कई प्रयोजन थे। एक ओर दलितों में निरक्षर, अशिक्षित एवं मूर्ख होने की हीनभावना भरी जाती रही, वहीं दूसरी ओर दलित विरोधी मूल्यों से अन्तर्व्याप्त साहित्य सृजित किया गया। अब समय बदला है। देश के दलित समुदाय में शिक्षितों का एक बड़ा वर्ग तैयार हो गया है, जो द्विजों द्वारा लिखे साहित्य की असलियत समझता है और अब चुनौती की मुद्रा में है। दलित रचनाकारों को ब्राह्मणवादियों के सारे ढोंग, सारे आडम्बरों की अब समझ आ गई है और हम उन्हें नकार देने की घोषणा कर चुके हैं। दलित साहित्य का अस्तित्व में आने का कारण ही जातीय कटुता और वैमनस्य है।

छुआछूत के मामले में गाँवों में आज भी वैसी ही हालत है, जो पचास-साठ वर्षों पहले थी। शहरों या क़स्बों में जो थोड़ी-सी कमी देखने में आती है, उसका

कारण द्विजों में आत्म-मन्थन का नहीं, दण्ड का भय अधिक कारगर रहा है। और यह दण्ड का अधिकार दिया है संविधान ने। एक बहुत ही महत्त्वपूर्ण बात की ओर मैं अपने प्रिय पाठकों का ध्यान दिलाना चाहूँगा—सन् 1998 से पहले जितने साम्प्रदायिक दंगे होते थे, उसमें एकदम से कमी आई है। इसका एकमात्र कारण रहा है दलितों में जागृति का आना और यह जागृति उनमें दलित साहित्य से आई है। दलित साहित्य दोहरे व तीसरे शोषण की जानकारी देता है। यह आत्म-सम्मान की बात करता है। यह भाईचारे एवं बराबरी की बात करता है। यह 'इंटरनेशनल-कॅनसर्न' का मामला है। इससे पहले जो भी भारतीय साहित्य आया था, वह सौन्दर्यशास्त्रीय कसौटियों में कसा जाता था। यह पहली बार दलित साहित्य ने किया है कि उसने कसौटियाँ ही बदल दीं। अब सौन्दर्यशास्त्र की जगह समाजशास्त्र प्रमुख हो गया है। दलित साहित्य को समझने के लिए समाजशास्त्र की भूमिका बढ़ गई है। यह समाजशास्त्र भारतीय ही नहीं, अन्तर्राष्ट्रीय भी है। यह इन अर्थों में अन्तर्राष्ट्रीय है, जब दलित अपनी स्थिति को देखता है तो अन्तर्राष्ट्रीय स्तर पर अश्वेतों से और अन्य हाशिये के तबकों से खुद को 'रिलेट' करता है। इसलिए दलित साहित्य अस्मिता का साहित्य बन जाता है।

आदरणीय एवं प्रिय पाठको, आप सोच रहे होंगे कि मैं इस संग्रह की कविताओं के बारे में तो कुछ कह ही नहीं रहा। सच कहूँ, मुझे आपसे इस संग्रह की कविताओं के बारे में कुछ कहना भी नहीं है। संग्रह आपके सम्मुख है। आप पढ़कर स्वयं निर्णय करें और अपने विचारों से पहले की तरह मेरा मार्गदर्शन करें। आप सभी पाठकों ने मेरी रचनाओं के प्रति बहुत आत्मीयता व्यक्त की है। इसी कारण मेरी कविताओं का यह तीसरा संग्रह आपके सामने प्रस्तुत है। इससे पहले सन् 1994 में 'प्रयास', सन् 2004 में 'क्यों विश्वास करूँ' प्रकाशित होकर आपके बीच आ चुके हैं।

दलितों की वेदना ही दलित साहित्य की जन्मदात्री है। यह कविता-संग्रह 'कब होगी वह भोर' मेरी भावनाओं की ही जन्मदात्री है। मेरी यह वेदना मेरी एक की नहीं, न ही यह एक दिन की है। यह वेदना हज़ारों की है, हज़ारों वर्षों की है। इसीलिए यह व्यक्त होते समय समूह स्वरूप व्यक्त होती है। दलित साहित्य में वेदना एक 'मैं' की वेदना नहीं, वह पूरे बहिष्कृत समाज की वेदना है। इसीलिए इस वेदना का स्वरूप सामाजिक बन गया है। दलित साहित्य भारतीय साहित्य में नई और विशिष्ट साहित्यिक धारा है। इस धारा ने भारतीय साहित्य को फिर से समृद्ध किया है। दलित साहित्य ने भारतीय साहित्य को नए अनुभव, नई अनुभूति, नएं शब्द, नए नायक, नई दृष्टि और वेदना-विद्रोह का रसायन दिया

है। इतना ही नहीं, इसने तो भारतीय साहित्य समीक्षा को आत्म-परीक्षण करने के लिए लगा दिया और पाठक-समीक्षकों के मन में मूलभूत प्रश्न पैदा किए हैं। दलित साहित्य के कारण भारतीय साहित्य की समीक्षा का क्षितिज विस्तृत हुआ और यह पाठकों की अभिरुचि बदलने में सहायक हुआ है। इस कारण दलित साहित्य का भारतीय साहित्य में साहित्यिक महत्त्व अपने आप में स्पष्ट है।

दलित साहित्य की प्रमुख विधा अभी भी कविता ही है। लेकिन गत वर्षों में दलित कहानियों, आत्मकथाओं के ज़रिये दलित अभिव्यक्ति ने जो पहचान बनाई है, उसके कारण कविता पर चर्चा कम हुई है। लेकिन इसका यह अर्थ क़तई नहीं है कि दलित कविता गौण हो गई है। दलित कविता में जो जीवन्तता और जीवन के सरोकारों से जुड़ने की अदम्य आकांक्षा है, वह कविता को दलित साहित्य की प्रमुख विधा बनाता है।

अन्त में एक बार फिर से मैं अपने सभी पाठक मित्रों का हार्दिक धन्यवाद करता हूँ।

—सूरजपाल चौहान

डी-20, एस.टी.सी. कालोनी
महरौली रोड, नयी दिल्ली-110017
दूरभाष : 011-26567442

खरी-खरी मैं बोलता, लिखता भी हूँ साँच।
पाखण्डी साहित्य को, लग जाएगी आँच॥

अनुक्रम

धन्यवाद शहर

गाँवों में
मैं होता हूँ
दलित समाज के विभिन्न रूपों में
टुकड़े-टुकड़े
अलग-थलग।

शहरों में
हम होते हैं,
सिर्फ़ हम 'शड्यूल्ड कास्ट'।

धन्यवाद शहर,
तुमने—
मुझे मैं से हम बनाया!

❑

पिता

पिता,
सदा यही समझाते रहे
कि–
अनपढ़ होने के कारण
करना पड़ता है
सफ़ाई-मज़दूर का काम।

लेकिन पिताजी,
तुम्हारा साथी–
रामनाथ शर्मा भी तो अनपढ़ था
फिर वह क्यों था चपरासी
और तुम...?

बहुत समझदार थे पिता
अच्छी तरह से जानते थे
व्यवस्था को
जो–
देखने में लगती है अच्छी
बहुत अच्छी
पर, अन्दर से है कितनी घिनौनी
और खोखली।

उचित समय आने पर

पकड़ा दी पिता ने
मेरे हाथों में क़लम
एक सुरक्षा कवच के रूप में
उस घिनौनी और खोखली व्यवस्था के
वार से बचने के लिए।

सचमुच पिता—
तुम धन्य हो!

❑

मेरा इतिहास

क्या करूँ बात,
ठाकुर की लाठी, पंडत की लात,
जीवन-भर सही
चौधरी की फटकार
और दुत्कार–
गाँव के लाला की।

सिर पर गू-मूत से भरा टोकरा,
मैं भंगी का छोकरा,
सीने में लिए बेचैनी,
सदा ही पीछा करता रहा
चतुरंगी-व्यवस्था का ख़ूनी पंजा,
जाति का ओछा-पन
और बसीठों की जूठन
बस, मुझे तो है इतना ही याद
मेरा इतिहास...।

❑

न्यौता

तुम–
कहते हो बहुत गर्व से
कि बसती है
गाँवों में आत्मा भारत की
कि स्वर्ग है कहीं
तो वह है गाँव में।

पर मैं
और मेरा स्वर्ग?
तुम आओ
सिर्फ़ चन्द रोज़ के लिए
उसी स्वर्ग की
भंगी बस्ती में।

सच कहता हूँ–
मर जाएगी तुम्हारी नानी
फट जाएगी तुम्हारी नाक
बदबू से
जी मितलाने लगेगा
देखकर बजबजाती गन्दगी
गू से लिथड़े
सूअरों की ढों-ढों
कीचड़ में लिसड़ते

कुत्तों की भौं-भौं
पता बताएगी तुम्हें
एक नए स्वर्ग का।

आओ
एक बार चले आओ
मेरे गाँव की भंगी बस्ती में
न्यौता है तुम्हें।

❑

तुम ख़ुश हुए

मैंने कविता लिखी
गाँव के यथार्थ पर
तुम्हें—
साँप सूँघ गया।

मैंने कविता लिखी
माँ पर
तुमने—
मुँह बिचकाया
और तुम्हारी आँखों की कोर में
एक बेचैन प्यास लहकी।

मैंने कविता लिखी
भेद करते हुए
गाँधी के हरिजन
और बाबा साहेब के दलित में
तुमने—
भृकुटि तान ली
और शुरू कर दिया घूरना
लाल-लाल आँखों से।

पर जब—
मैंने लिखी थी कविता

तुम्हारे राग में राग अलापते हुए
तब तुम ख़ुश हुए थे
बेहद ख़ुश
और दे डाली थी उपाधि मुझे
आधुनिक सन्त की!

यह लड़ाई है भूत और वर्तमान की
शायद इसीलिए–
ख़ुश हुए थे तुम।

❑

आनुवंशिक गुण

गोहाना हो
या फिर–
चकवाड़ा, बस्ती हो
या फिर गाँव,
तुमने–
षड्यन्त्र रचकर या रचाकर
करनी है मेरी हत्या
क्योंकि–
तुम्हारे इतिहास में दर्ज
तुम्हारी शौर्य गाथाएँ बताती हैं
कि तुम–
औलाद हो हत्यारों की।

हत्यारों की औलाद
केवल होती है हत्यारी
क्या यह एक गुण नहीं है
आनुवंशिक?
और
एक सच्चाई भी!

❑

अन्तर

तुम कहते हो
साहित्य समाज का दर्पण है
ठीक है
पर–
यह कैसा दर्पण है
जिसमें–
मेरा चेहरा हमेशा
घिघियाता और घिनौना नज़र आता है।

क्या करें?
इस साहित्य का
जिसने–
लाकर खड़ा कर दिया है
समाज को
अन्धकार भरे इस चौराहे पर
जहाँ फूटती हैं हर राह से
सौ राहें
अन्धकार में ही।

और हम भटकते कब तक
इन अन्धकारों में?
कब तक? कब तक?

एक रोशनी
एक दीया
दूर टिमटिमाता है
पाता हूँ मैं
जिसमें प्राण
और देता है हौसला
गन्तव्य तक पहुँचने का।

❑

कब होगी वह भोर

कब होगी वह भोर
मेरे मोहल्ले में
कब सुनाई पड़ेगा
चहचहाना चिड़ियों का
और
पक्षियों का कलरव गान।

कब जाएगा बापू
काँधे पर हल लादे
खेतों में
सिर्फ़–
अपने खेतों में।

कब होगी वह भोर
जब छोड़ देंगे करना वन्दना
हत्यारों की
मेरे परिवार के लोग
छोड़ देंगे–
दूसरे के बाप को
अपना बाप कहना।

मैं मचलकर माँ से
कब माँगूँगा

गाय, भैंस का दूध।

कब होगी वह भोर
जब मेरी बहन या बेटी की शादी पर
चढ़कर दूल्हा आएगा घोड़ी
घूमेगा वह
पूरे गाँव की गली-गली
कब? न जाने कब??
कब होगी वह भोर???

❑

गाँधी जी का हरिजन है

रोज़ सवेरे मन्दिर जाता
रखता है मंगल उपवास
शनिदेव की करे अर्चना
बेटा इसका रामनिवास
जय जगदीश हरे आँगन में
घर में इसके कीर्तन है
भीमराव का दलित नहीं यह।
गाँधी जी का हरिजन है॥

धर्म दूसरों का ढोता है
नंगे पाँव भगा-फिरता
चुल्लू-भर पानी की ख़ातिर
यहाँ-वहाँ गिरता-पड़ता
काँवड़िया बन करे ग़ुलामी
अकल से भी यह निर्धन है
भीमराव का दलित नहीं यह।
गाँधी जी का हरिजन है॥

मीटर लम्बा तिलक भाल पर
सुतली डोर गले डाले
हाथ कलावा बाँधे फिरता
मटरू का पोता काले
इसके आगे शरमाता अब

पण्डित रामचरन है
    भीमराव का दलित नहीं यह।
    गाँधी जी का हरिजन है॥

इसको तो कुछ पता नहीं है
स्कूल, कॉलिज क्या होता
देसी-थैली डाल हलक़ में
दिन-भर गफ़लत में रहता
बालक इसके अनपढ़ रह गए
ज्ञान का ख़ाली बर्तन है
    भीमराव का दलित नहीं यह।
    गाँधी जी का हरिजन है॥

अम्मा इसकी अमरनाथ में
मर गई पत्थर के नीचे
बर्फ़ में दबकर बाप मरा है
मानसरोवर के बीचे
वैष्णो देवी भइया खोया
आया इस पर दुर्दिन है
    भीमराव का दलित नहीं यह।
    गाँधी जी का हरिजन है॥

पढ़-लिखकर धोखा देता है
धूर्त बना मक्कार है
आरक्षण लेता बढ़-बढ़कर
कोठी, बंगला, कार है
अपनी जाति छिपाकर रहता
बेटा इसका सर्जन है
    भीमराव का दलित नहीं यह।
    गाँधी जी का हरिजन है॥

सच्ची बात बताता इसको
उसी को आँख दिखाता है
भगवा-रंग में सराबोर यह
गीत राम के गाता है
हिन्दू-मुस्लिम के झगड़े में
सबसे आगे यही जन है
भीमराव का दलित नहीं यह।
गाँधी जी का हरिजन है॥

दलित-साहित्य तनिक न भाता
मौलिक चिन्तन से ना प्यार
वर्ण-व्यवस्था ये ना जाने
लिख-लिख करके गया मैं हार
पोंगा-पण्डित को पढ़ता है
जिसका झूठा दर्शन है
भीमराव का दलित नहीं यह।
गाँधी जी का हरिजन है॥

❑

देखते ही देखते

देखते ही देखते
पल-भर में
सब-कुछ बदल गया
मैं, तुम, यह
और वह भी।

देखो-देखो
वह गाड़ी भी
जिसकी–
अगली सीट पर
मैं बैठा था–
तुम्हारे साथ
क्षण में ही बदल गई,
मेरे मुँह पर
अपना धुआँ छोड़ते
आगे निकल गई...,
बहुत आगे।

देखते ही देखते
बन्द हो गई
चिड़िया की चहचहाहट
और बोली कोयल की।

❑

नई फ़सल

लहलहाने लगी है
हमारी फ़सल
फिर से
पक रही हैं बालियाँ
महकने लगी है
हवाओं में फ़सल की खुशबू
और अब
हराम हो गई है नींद
रक्त-रंजित इतिहास की।

घबराकर
तितर-बितर होने लगे हैं
बहुरुपिये,
स्वर्ग-नरक की बातें करनेवाले
पाखण्डी,
मेरे पसीने से उठती
आग की लपक
के सामने।

❑

छेद डाल आँखें और फाड़ दे पेट

घीसू और माधव
क्या हुआ है तुम्हें?
तुम–
क्यों हो आज तक गुमसुम
बोलते क्यों नहीं?

यदि–
बोलोगे नहीं तुम
तो तुम्हारी बातें
बोलते रहेंगे दूसरे ही
कहते रहेंगे तुम्हें
लम्पट और कामचोर।

भूंगी,
अपना दूध पिलाकर दूसरों को
तेरे अपने–
मंगल को क्या मिला?
केवल–
ठाकुर की बजबजाती जूठन
उसकी नफ़रत और दुत्कार।

अरे भूंगी,
क्या भूल गई हो कुछ?

अब उठा झाड़ू
बना दे आततायी को मोर।

घीसू,
उठा ले तकुआ
छेद डाल आँखें
और माधव तू
थाम ले राँपी
फाड़ डाल पेट, इस चतुरंगी व्यवस्था का।

❑

अपना सम्मेलन जारी

ठकुर-सुहाती करूँ और की,
चिलम ग़ैर की भरता हूँ।
द्विजों को लादे काँधे पर,
आज भी घूमा करता हूँ ॥

अपनों से मुझे बू आती है,
दूजे आगे शरणागत्।
अपना चिन्तक हो या ज्ञानी,
पनही दिखा करता स्वागत् ॥

मौलिक चिन्तन भाड़ में जाए,
पुरखे जाएँ चूल्हे में।
पूरा कुनबा लेकर जाऊँ,
नौचन्दी के मेले में॥

ग़ैरों के संग मिलकर इनको,
ऐसा पाठ पढ़ाऊँगा।
देखेंगे ये दूर खड़े सब,
'ज्ञानपीठ' ले जाऊँगा ॥

'दलितों के घर आग लगा दी',
सुनकर मेरी निकल पड़ी।
'एनजीओ' अब काम आया है,
हरे नोट की लगी झड़ी ॥

कोई मेरा क्या कर लेगा,
मैं तो चिकना-चुपड़ा हूँ।
सोच-समझ कर मुझसे मिलना,
हत्थे से भी उखड़ा हूँ ॥

लिखना-पढ़ना तनिक न भाये,
फिर भी मैं लेखक भारी।
लेना-देना क्या दूजों से,
अपना सम्मेलन जारी ॥

❑

अज़ब चमत्कार

शर्मा जी
जूते बेचने पर भी
तुम–
बने रहे शर्मा
और पाठक जी
खोलकर 'सुलभ शौचालय'
बने हुए हैं–
आज भी पाठक।

और मैं–
पढ़-लिखकर
बन गया–
मजिस्ट्रेट, डॉक्टर, इंजीनियर
फिर भी
कहलाता हूँ भंगी-चमार
वाह रे, हिन्दू-धर्म
तेरा–
अजब चमत्कार!

❑

पीड़ा

हर तरफ़
हर ओर
बस्स,
एक ही हल्ला
एक ही सुर में राग-पाखण्डी
कि हम क्यों नहीं लिख सकते
तुम्हारा दर्द—तुम्हारी पीड़ा।

कैसे कहूँ इन साहित्यिक बलवाइयों से
कि फिर
क्यों नहीं लिखा
आज तक
कोई टीसती कहानी एक कराहता उपन्यास
कोई काँपती कविता।

रचा क्यों नहीं
जिसे हम
सहर्ष अपना कहते
और मानते अपना ही।

पर क्यों हो रही है
आज यह बेचैनी
जब मूक क्रन्दन पाने लगा है स्वर

उठा ली है उसने क़लम
अपने हाथों में
खोदने लगे हैं पैनी नोक से
हवाई साहित्य की क़ब्र
तो क्यों हिलने लगा है
तुम्हारे–
पेट का पानी।

❑

दोहे

हरखू माथा पीटता, सोच रहा हैरान।
गाँव बना है भेड़िया, हुआ शहर शैतान ॥

बहन-बेटियाँ दान कर, करता ऊँची बात
अँग्रेज़ी सीखा जहाँ, वहीं लगाता घात ॥

सब वीरों में वीर तू, मातादीन महान।
स्वतन्त्रता-संग्राम में, निकला सीना तान ॥

पन्ना माँ का त्याग है, ऊदा का बलिदान।
रामपति का शौर्य है, ऊधमसिंह की आन ॥

झूठा तेरा धर्म है, विष की तू सौग़ात।
कथनी तेरी दिवस है, करनी तेरी रात ॥

मंगू कचरा बीनता, फूट गई तक़दीर।
जूते पालिश कर रहे, अत्तू और मनबीर ॥

कब होगा सूरज उदय, होगी कब वह भोर।
मिलकर हम पकड़ें सभी, प्रीति, रीति की डोर ॥

पुनि-पुनि फिर बहने लगी, दलित क़लम की धार।
उपन्यास, कविता, कथा लिखते रचनाकार ॥

दोष दूसरों के परख, अपने को भी जाँच।
आज़ादी के नाम पर, नंगा हो मत नाच ॥

चोर, लुटेरे, दस्यु थे, पहले से आज़ाद।
बामन बनकर लूटता, सब है मुझको याद ॥

चार-वरण का नाश हो, मिट जाए पाखण्ड।
होगी यहाँ भी एकता, बनेगा देश अखण्ड ॥

तेरे किसना, राम को, पूजा है दिन-रात।
फिर भी मैं चण्डाल हूँ, तू है अति अभिजात ॥

लिख-लिख पोथा धर गया, जिसमें झूठे बोल।
दलित साहित्य खोलता, अब तेरी सब पोल ॥

ना-ना री-री के लिए, ना अब तेरा काम।
भारत की वीरांगना, फूलन, भँवरी नाम ॥

मेरे देश गणतन्त्र में, कितना हुआ विकास।
बाबू-चाचा आज भी, छील रहा है घास ॥

जगह-जगह पर हो रहा, दलितों का संहार।
जनादेश पाकर दिया, उत्तम यह उपहार ॥

दरिया बन बहने लगा, वैज्ञानिक फिर ज्ञान।
जगवन्दन हे युगपुरुष, भीम तुझे प्रणाम ॥

तू बर्बरीक महान है, इकलव्यी तू तीर।
अपना दीपक आप बन, तम को दे तू चीर ॥

तेरे किसना, राम के, दाढ़ी है न मूँछ।
बाली और सुग्रीव के, गज-गज लम्बी पूँछ ॥

खरी-खरी मैं बोलता, लिखता भी हूँ साँच।
पाखण्डी साहित्य को, लग जाएगी आँच ॥

❑

आलोकमय

अँधेरे को चीरती
उतर आई है
भोर
नीलाभ जल पर।

वेद,
शास्त्र,
स्मृतियों
और टोने-टोटकों का
मायावी जाल
हो रहा है नष्ट
तीव्रता से।

हो रही है आलोकमय
यह धरा
फिर से।

❑

ऊसर जीवन

नज़र डालता हूँ
बियाबान/ऊसर पड़ी ज़मीन पर
खड़ा हूँ आज भी
अकेला/मैं।

सभी चले गए
एक-एक करके
दूर
बहुत दूर।

ख़ूब भरमाया
उन्होंने—
अपने थे जो
उन्होंने भी
जो बैठे थे हदों पर
अपने-पन की।

त्रिशूल
हँसिए
मृदुवाणी
और चीरती हँसी
एक-सी, सब एक-सी

नज़र डालता हूँ
बियाबान/ऊसर पड़ी ज़मीन पर
खड़ा हूँ आज भी
अकेला/मैं।

❑

25 फ़रवरी, 2005

उस दिन
बहुत अच्छा
और
भला लग रहा था तुम्हारा साथ।

याद होगा तुम्हें
'सारनाथ' की ओर जाते हुए
तुमने कहा था—'सपने के...की तरह—
मिले हो तुम मुझे'
'सच',
'हाँ'
और फिर मैं—
मुस्कुरा कर रह गया था।

तुम्हारी—
मिसरी-सी बातें
घोल रही थीं
कानों में रस
और तुम्हारी हँसी से
पुलकित हो उठा था मैं।

तभी—
एकाएक तुमने

तोड़ा–
मेरा सपना
और जगाया मुझे गहरी नींद से।

धन्यवाद मित्र,
जगाने के लिए!

❑

पेड़ जड़ नहीं होता

शाखामृग,
जानता हूँ तुम्हारा जीवन
शाखाओं से नहीं है बाहर,
इसीलिए तुम्हारा ख़्वाब भी
पेड़ से अधिक
बसता है शाखाओं में
ये शाखाएँ जो एक जंगल की तरह
फैलती हैं पेड़ पर
तुम्हारा सपना चमकता है
इनके बीच।

तुमने—
लगाई हैं शाखाएँ
केवल शाखाएँ
क्या कभी रोपा है कोई पौधा,
और
दे पाए शक्ल उसे पेड़ की!

क्या कभी तुम
छोड़ोगे लगाना शाखा
बढ़ोगे कभी बीज लेकर
उगाओगे कोई पेड़
क्योंकि—

पेड़ ही जड़ से बँधा होता है
पर पेड़—
जड़ नहीं होता।

हथिया ही सकते हो
किसी के पोषित पेड़ को
शाखामृग,
अब शाखा से नहीं
जड़ से पैदा करो भाव।

❑

भारतीय संस्कृति

दिन-भर
मर के खप के
सारे गाँव
और शहर की गलियों की
गन्दगी को
साफ़ करके
जब मैं—
अपने घर आता हूँ
तो—
मेरे बच्चों
और पत्नी के फटे लत्तों से
झाँकती नज़र आती है
भारतीय संस्कृति
क्या यही मूल्य है
मेरे हाड़ तोड़ श्रम का?

❑

मेरी माँ

(एक)

भोर होने से पहले
सड़क पर
झाड़ू लगाती
मेरी माँ,
जैसे खरोंच रही हो
चुपचाप
सीने को
फ़ौलादी व्यवस्था के
अपने नाख़ूनों से।

(दो)

उस पार जाती
सड़क के वह
सिर पर बजबजाती गन्दगी
की टोकरी रखे
जैसे–
उठाया हुआ हो
उसने एक शव
मरी हुई व्यवस्था का।

❑

हम वीर, देश के हैं रक्षक

इस देश के आल्हा-ऊदल हम
आज़ादी के तीर चलाएँ
बनकर बिरसा-मुण्डा हम
हैं एकलव्य की सन्तानें
लक्ष्य भेदना हम जानें
बर्बरीक धनुर्धर के आगे
दुश्मन राह छोड़ भागे
हम मान-सम्मान के संरक्षक।
हम वीर, देश के हैं रक्षक ॥

हम मतवाले, हिम्मत वाले
चोखामेला के हम हैं जन
महाबीरी मेरठ वाली
वीर दुसाध भला क्या कम
रामपति और ऊधम अपने
निडर पुरुष वे वीर महान
हम मूल निवासी तटरक्षक।
हम वीर, देश के हैं रक्षक ॥

बहना अपनी झलकारी है
ऊदा और पन्ना हैं मैया
मेवाड़ के जयमल और फत्ता
परमवीर दोनों भइया

हम बन्दे लक्खी बनजारे के
पंज-प्यारों की शान और बान
सदा रहे हैं प्रवर्तक।
हम वीर, देश के हैं रक्षक ॥

ओट लिए किसी तरुवर की
संहार न हम कभी करते हैं
पशु-पक्षी की हत्या पर
करुणा से भर उठते हैं
डाकू और तिरस्कृत को भी हम
शरण में अपनी लेते हैं
बनता है फिर वह धम्म-रक्षक।
हम वीर, देश के हैं रक्षक ॥

परिश्रमी आजीवक हम
मानवता का पाठ करें
आकर थोड़े से लालच में
कभी ग़ैरों पर न वार करें
हम देश-प्रेम से ओत-प्रोत
और प्रकृति से प्यार हमें
हम अडिग हिमालय से रक्षक।
हम वीर, देश के हैं रक्षक ॥

हम युद्ध-क्षेत्र से न भागें
न भटकें जंगल-जंगल
हम वीर पुरुष कहते उसको
जो करता सबका मंगल
अपने जीवन की ख़ातिर हम
बहनों का दान न करते हैं
हम तो हैं उनके संरक्षक।
हम वीर, देश के हैं रक्षक ॥

❑

रोज़ भीगता रहता हूँ

तुम्हें—
याद होगा
पहली मुलाक़ात के समय
तुमने कहा था—
'आपकी-हमारी
ज़्यादा दिनों तक
पटेगी नहीं।'

मैं—
उस दिन
मुस्कुरा कर रह गया
सच—
कितने दिन हो गए हैं
तुम्हें देखे बिना
मिले बिना।

फिर भी—
मैं रोज़ भीगता हूँ
तुम्हारी मधुर वाणी की—
बौछार में।

जुटा हूँ आज भी
दिन-रात
तुम्हारी बात को
झूठा साबित करने में।

❑

कुछ दोहे और

जो पल काटे संग में, हरदम आते याद।
हिरनी-सी तू चंचला, मिसरी से संवाद॥

तुमसे मिलकर यह लगा, पार लगेगी नाव।
इतनी जल्दी दे दिए, तुमने गहरे घाव॥

गलबहियाँ देकर मिला, लेकर बग़ल कटार।
घर-आँगन लूटा मेरा, रे, छलिया मक्कार॥

पाने में सदियाँ लगीं, खोने में एक पल।
भूल न पाएँगे तुझे, कल आज और कल॥

तेरे मेरे बीच में, स्नेह का देख प्रसार।
मन में अँकुराने लगे, सोये पड़े विचार॥

मीठी वाणी बोलकर, ख़ूब लगाई घात।
उथल-पुथल कर रख दिए, मेरे सब जज़्बात॥

झूठे दर्शन को कहे, पोंगा-पण्डित सत्य।
नित नूतन यथार्थ से, भरा दलित साहित्य॥

अहिरावन को मार कर, मुक्त कराया राम।
अब तू खुद ही जान ले, कौन बड़ा बलवान॥

छली, प्रपंची तू बड़ा, है कपटी मक्कार।
महायुद्ध के नाम पर, अपनों से ही रार॥

❑

आह्वान

ओ मेरे समाज की जागरूक
और पढ़ी-लिखी महिलाओ
छपास की भूख में आकर
किसी ग़ैर-दलित पत्रिका में
मत लिखो
अपने ही दलित चिन्तक
या लेखक के विरुद्ध।

ये ग़ैर-दलित
हमेशा की तरह
लड़ाना चाहते हैं आपस में
छोटे-छोटे लालच देकर हमें
जिससे—
बिखरा रहे हमारा घर-परिवार।

इसी तरह की करतूतों से
ये ज़िन्दा हैं
और
लिए हुए हैं हरापन
हमसे ही।

ओ मेरे समाज की पढ़ी-लिखी महिलाओ
इन ग़ैर-दलित बहुरुपियों की

अब सच्चाई–
सामने आ चुकी है
ये जायज़ और ना-जायज़ में
भेद नहीं करते
दूर कर लो ऐसे लोगों से
अपने आपको
इससे–
परिवार और राष्ट्र
दोनों ही बच जाएँगे टूटने से।

मेरी साँस अटकी है
सिर्फ़ उस परिवार के लिए
जो यादों में चिलकता है
एक परिवार-विहीन बच्चे की,
इसे मत समझना
मेरा उपदेश
कोई नसीहत
बस, एक चाहत है
कि बच जाए हमारा परिवार
हम और तुम।

❑

साज़िश

इण्टरव्यू में—
जगतराम शर्मा से
'सिगरेट' की स्पेलिंग बताने को कहा
उसने बता दी
उससे कहा गया—
'कल से काम पर आ जाओ
ख़ूब मौज़-मस्ती मनाओ।'

'पोलैण्ड' की स्पेलिंग बताने को
गुप्ता से कहा
उसने भी बता दी
इण्टरव्यू लेनेवाला मुस्काया
और बोला—
'वैरी गुड, एक्सीलेंट!'

ठाकुर भवानी सिंह ने भी
'इंग्लैण्ड' की स्पेलिंग बिना हिचक
बता दी
उसे नौकरी की चिट्ठी
तुरन्त थमा दी।

अब मेरा नम्बर आया
कुर्सी पर बैठा तिलकधारी गुर्राया

नाक सिकोड़ी
फिर मुँह बिचकाया,
बोला–'रिज़र्व सीट...,'
मैंने कहा–'हाँ'
वह बोला–
'चेकोस्लोवाकिया की स्पेलिंग बताना'
जब तक मैं स्पेलिंग बताऊँ
उससे पहले
'नॉट फ़ाउंड सूटेबल कैंडिडेट' की पर्ची
थमाते हुए बोला–
'पढ़ते-लिखते हैं नहीं,
चले आते हैं नौकरी माँगने।'

❑

बाप...? बच्चे–भगवाधारी, बजरंगी

‘झज्जर हत्याकाण्ड’ के बाद ही जाना
ये और इनके बच्चे
बन्दर को
क्यों कहते हैं मामा?

जब वह
चार पैरों वाली
काली, सफ़ेद
और
चितकबरी
इनकी ‘अम्मा’ हो सकती है
तो फिर–
बन्दर मामा क्यों नहीं हो सकता?

भैंस मौसी
साँड बापू
और
बैल है उनका सगा भैया
घोड़ा उन सबका चाचा है
हाथी फूफा
मेंढे और बकरे भाई-भतीजे।

कितना मूर्ख
और झूठा होगा वह
जिसने–
कहावत बनाई–'माँ घोड़ी, बाप गधा,
बच्चे रंग-बिरंगे'
सच्ची कहावत
झज्जर हत्याकाण्ड के बाद सामने आई
माँ,
काली, सफ़ेद
और चितकबरी
बाप...?
बच्चे–भगवाधारी,
बजरंगी।

❑

तेरे धर्म की ऐसी की तैसी

ओ बहुरुपिये
तूने–
हमेशा मेरे लोगों को
अपने–
राग-पाखण्डी प्रवचनों से
यही समझाया
कि–
हरेक जाति को
अपना ही पेशा करना चाहिए।

एक धोबी
धोता रहे
सदा–
दूसरों के कपड़े
चमार बनाता रहे जूते
और उठाता रहे
मरा जानवर।

यदि–
पढ़ा-लिखा भंगी
अपने पेशे को छोड़ता है
तो वह–
अधर्म करता है।

पर मैं—
करने लगा हूँ अधर्म
तू—
रोक सके तो रोक।

देख—
मैं पढ़-लिखकर
आज कर रहा हूँ
नेतृत्व देश का,
तेरे धर्म की ऐसी की तैसी।

❑

नकारता हूँ तुम्हारे इतिहास को

मैं,
तुम्हारे इतिहास को
अपना कैसे मान लूँ
कैसे मान लूँ
तुम्हारे यथार्थ को अपना?

तुम्हारे–
पराजित इतिहास में
सच को सच कहना मना है
हक़ की तो उसमें–
बात ही नहीं है।

नहीं मानता
तुम्हारे–
इतिहास को अपना इतिहास
क्योंकि–
तुमने लिखी ही नहीं गाथाएँ
मेरे पुरखों की।

जान-बूझकर
बिसरा दिया तुमने
मातादीन का बलिदान
और

वीरांगना झलकारी बाई की क़ुर्बानी

फिर–
तुम्हारे इतिहास को
और
गप्पी साहित्य को
नकारने में
मुझे–
क्यों होगी तकलीफ?

❑

हरदम तेरी बारी क्यों

क़दम-क़दम मक्कारी क्यों
दलितों से गद्दारी क्यों

आत्मकथा लेखन पर चर्चा
कवित्त है तुम पे भारी क्यों

सच्चा कहने या लिखने में
तेरी है लाचारी क्यों

सारा लेखन एक समान
हरदम तेरी बारी क्यों

खरी-खरी मैं लिखता हूँ
इस पर पहरेदारी क्यों

दलितों की बस्ती में अब तक
वर्ण-भेद है जारी क्यों?

❑

रोको उसे

वह—
हाथ धोकर
पीछे पड़ा है
भारत को
हिन्दुस्तान बनाने में लगा है।

जाति के रोग से पीड़ित
डाले फिरता है
गले में—
छूत-अछूत की कण्ठी-माला।

उन्मादी,
धर्म के नाम पर
जब चाहे—
निकल पड़ता है यात्राओं पर,
वर्ण-व्यवस्था की ओट लिए
सेंकता है राजनैतिक रोटियाँ।

वह—
भरमाने लगा है
'आई लव माई इण्डिया' को
अपनी ओछी हरक़तों से,
रोको उसे—
पाखण्डी चला है
भारत को हिन्दु-स ता न बनाने।

❑

मैंने नहीं

तन्त्र-मन्त्र,
मासूमों की बलि
मन्दिर में बलात्कार
हवाला,
शेयर घोटाला
देश की गुप्त सूचनाएँ
विदेशियों को बेचना
किसने किए हैं
ये सब कार्य?

ऑपरेशन के दौरान
मरीज़ के पेट में
कैंची, ब्लेड
और छोड़ना तौलिया,
जीवित को
मृत घोषित करना
अति-अभिजात कहलाने—
वालों ने किए हैं
मैंने नहीं।

तुम—
अनपढ़ होकर भी ज्ञानी
छू सकते हो आकाश ज़मीं से,

कु-चक्र चलाकर
कटवा सकते हो अँगूठा
गुरु-दक्षिणा के नाम पर।

तुमने–
पाप-पुण्य का
दिखला कर भय
और
बहुरुपिया बनकर
छीना है
मेरे पुरखों का राज-पाट।

आरक्षण के नाम पर
तुम–
खाते रहे मलाई
बने रहे मन्दिर के पुजारी
तुमने मचाया है हमेशा उत्पात
धर्म के नाम पर
मैंने नहीं।

❑

महायुद्ध के नाम पर

मेरे भीतर
उस दिन
बज रहा था वाद्ययन्त्र
पल-प्रतिपल
तुम्हारी–
कथनी और करनी के भेद का।

उस तपती दुपहर में
काली-स्याह सड़क पर
गाड़ी दौड़ाते हुए
देखा था मैंने तुम्हें
नक़ली पोज़ों में
असली चेहरा छुपाते हुए।

जान गया था मैं
कि तुम–
महायुद्ध के नाम पर
लड़ रहे हो
'महाभारत' का युद्ध
अपनों से ही।

सुविधा-भोगी
और

आत्म-पीड़ित हो तुम
रंग-बिरंगे मुखौटे लगाकर
ठग विद्या में माहिर।

मुझे—
हो गया है आभास
तुम्हारे साथ रहकर
अपने-पराये का।

मैं नकारता हूँ
उस परम्परा को
जिसमें—
तुम्हें विश्वास है
क्योंकि—
गुरु-शिष्य परम्परा नें छला है
सदा—
मुझे और मेरे समाज को।

फिर—
मैं क्यों ढोता रहूँ
एक बहुरुपिये का बोझ
जान-बूझकर।

❑

भ्रूण की पुकार

माँ,
हन्ता बाप से मिलकर
तुम भी...!

माँ,
मुझे गर्भ में फलने-फूलने दे
अधिकार दे
फुदकने का।

झूलकर–
तेरी बाँहों में
किलकारियों से
भर दूँगी–
सारा घर।

फिर–
होकर बड़ी
रचूँगी इतिहास
और
सृजन करूँगी
मैं–
आने वाली पीढ़ी का।

माँ रुको,
मुझ नन्ही जान की
धड़कन सुनो।

जननी,
मत बन
निर्दयी इतनी
नारी हो
तो फिर–
नारी का सम्मान करो।

❑

रीता रीता-सा जीवन

बचपन—
अभावों में
यौवन—
जाति के ओछेपन ने
और अब
बीत रहा है
अपने और मित्रों के
विश्वासघातों की
गठरी उठाए
रीता रीता-सा
मेरा जीवन।

❑

कारवाँ को आगे बढ़ाओ

एकता के गीत क़लम गा रही है,
किन्तु दलितो नींद तुमको आ रही है,
भीम के ख़ाते से मत इतना निकालो,
जो शेष बचा है उसे अब तो सँभालो।
ज्ञान का काजल लगाकर आँख में,
बाबा के कारवाँ को आगे बढ़ाओ॥

तुम हमेशा जाति-भेद को ढोते रहे हो,
उम्र-भर बस यूँ ही रोते रहे हो,
जब भीम वर्षों से बौद्ध बन गया है,
एकता के बीज वह बो तो गया है।
देश के तुम हो, तुम्हारा देश है तो,
आपस में मिल-बैठकर परिचय कराओ॥

और दलित जातियाँ हैं इस चमन में,
किसलिए है ऊँच-नीच का ज्वार मन में,
त्याग दे अब 'साँईं बाबा' बनने का दम,
एक ही पुरखे की औलाद हैं हम।
तुम समय की धारा को बदलो न बदलो,
आने वाली पीढ़ियों को मत लड़ाओ॥

वह हमारा अधिकार ले भागा जा रहा है,
आज भी अँगूठा काटा जा रहा है,

सच में, वह बहुरुपिया है, ज्ञानी नहीं है,
लुटेरा, छली, प्रपंची है, दानी नहीं है।
सभ्यता-सरिता हमारे देश की है,
'जार-कर्म' की आड़ में न नंगा नहाओ ॥

देवताओं के दास बनना छोड़ दो तुम,
वानर नहीं, वीर बर्बरीक हो तुम,
सन्तोष तेरी व्याधि है, उसको अब त्याग दे,
प्रगति, परिवर्तन की इच्छा मन में पाल ले।
देखते ही देखते तस्वीर बदल जाएगी,
भीम के इस स्वप्न को साकार बनाओ ॥

❑